Freundschaft Plus

5 heiße Kurzgeschichten

J.J. Barton

AF216908

Freundschaft Plus

5 heiße Kurzgeschichten

J.J. Barton

© 2024 J.J. Barton

Lektorat / Korrektorat: Sam Oertel
Cover: J.J. Barton
Satz: J.J. Barton
J.J.Barton@gmx.de

Dieses Buch erschien als
Taschenbuch - 978-3-384-44624-4
Hardcover - 978-3-384-44625-1
E-Book - KindleUnlimited

Druck und Distribution im Auftrag der Autorin durch Tredition. Distribution des E-Books durch Amazon.

Ein Alter ab 18 Jahre wird empfohlen.

Der Text beinhaltet deutliche Details, erotische Handlung und einvernehmlichen Sex zwischen zwei Frauen.

Kayla

Ich saß wie jeden Sonntag mit meinen Freundinnen in unserem Stammcafé. Sie waren es von mir gewöhnt, dass ich ab und an einfach ein Loch in der Luft fand und dort hinein starrte. Das ich eigentlich die Zeit nutzte und Kayla aus den Augenwinkeln heraus beobachtete, wussten sie nicht. Sie dachten, dass ich in meiner Traumwelt verweilte und irgendwie tat ich das ja auch.

Doch in meiner Traumwelt spielte ich oft mit der Kleidung von Kayla.

Ich zog ihr ihre Oberteile aus, fuhr mit meinen Fingerspitzen die Umrandung ihrer Unterwäsche nach und küsste die Wölbung ihrer weichen Brüste.

»…roter Elefant!«

Ich zuckte zusammen und sah meine Freundin Susanna an.

»Was hast du gesagt?«

»Oh, da hörst du hin. Wenn ich dir aber sage, dass dich der heiße Typ da hinten ständig mustert, ignorierst du das. Das ist doch wieder typisch.

1

Du solltest öfters mal die Welt um dich herum wahrnehmen, Sid.«

Bevor ich noch etwas sagen konnte, trat Kayla für mich ein.

»Nun lass sie in Ruhe, Susanna. Du weißt, dass ihre letzte Trennung noch nicht lange her ist. Sie will vielleicht im Augenblick nicht?«

»Wer würde das nicht wollen? Also ich zumindest habe eine feurige Leidenschaft.«

»Das ist ja auch ganz nett, aber muss Sidney deswegen dieselbe Lust empfinden? Du bist seit Jahren Single.«

»Aber ich habe wenigstens Dates und One-Night-Stands. Was hat sie?«

»Zehn gesunde Finger und eine gute Pornoseite?«

Das kam von Cheryl. Sie stand offen dazu, sich stundenlang auf Internetseiten, mit einem großen Angebot an Pornos aufzuhalten. Das solch eine Antwort von ihr kam, überraschte mich weniger.

»Ach Cheryl! Du wieder. Aber irgendwie hast du ja recht.«

»Leute, ich sitze zwischen euch. Und ja, mir ist der Typ egal.«

Susanna lehnte sich an ihre Stuhllehne und verschränkte die Arme vor ihrer Brust.

»Wirklich? Oh man. Na gut, aber was ich sagen wollte. Nächsten Samstag gibt es bei meinem Cousin eine Party. Und er hat nicht nur mich, sondern uns alle eingeladen! Na, wie klingt das?«

Ich nicke ihr schweigend zu, während Cheryl sich lautstark freut und Kayla freundlich annimmt.

Eine Party? Das würde nur wieder bedeuten, dass sie mich wieder verkuppeln wollen.

Dabei glauben sie, dass die Beendigung meiner letzten Beziehung mich mental mitgenommen hat. Ich hatte es nicht über mein Herz gebracht ihnen zu sagen, dass ich mit Tim nichts hatte, zumindest kam es mir so vor. Gut, wir hatten ein oder zweimal miteinander geschlafen, aber das war der übliche 4-Minuten-Sex.

Er klang dabei, wie ein kranker Gorilla und ich lag einfach nur da.

Still und schweigend auf meinem Rücken, während ich mich selbst fragte, was ich da gerade tat. Und irgendwann kannte ich die Antwort.

Ich hatte den schlechtesten Sex, den ich mir vorstellen konnte.

»Also, dann sehen wir uns alle am Samstag, ja? Ich muss jetzt auch wieder los. Cheryl, kommst du mit?«

»Klar, ich will nicht alleine nach Hause fahren. Wir sehen uns.«

Sie standen auf und drückten Kayla und mich noch einmal.

Erst als sie weg waren, führten Kayla und ich das Gespräch fort.

»Wann willst du ihnen sagen, was mit dir und Tim wirklich passiert ist?«

Ich zuckte innerlich zusammen, bevor ich ihr antworten konnte.

»Wie kommst du darauf, dass ich dazu etwas sagen sollte?«

»Ich kenne dich seit Jahren, Sidney. Du hast keine Trennung durchgemacht.«

»Doch, habe ich. Aber irgendwie war und ist es mir egal.«

»Wieso ist dir das egal?«

»Weil ich ihn verlassen habe.«

Kayla wurde noch aufmerksamer.

»Wieso denn das?«

»Nun, er liebte unsere Beziehung.«

»Das weiß ich. Er hat dich vergöttert.«

Ich ignorierte ihren Einwurf und erzählte ihr die Wahrheit.

»Er mochte es, dass ich mich nie aufgedrängt hatte, ihn nie nach seinen Abenden gefragt hatte, wenn er mit seinen Freunden unterwegs war. Und ich habe nie gefragt, warum er nicht angerufen hat.«

So langsam verstand sie mich.

»Das klingt gar nicht gut.«

»So war das auch. Ich habe mich nicht für ihn interessiert.«

»Gab oder gibt es da jemand anderen?«

»Irgendwie schon. Und dann doch wieder nicht. Ich weiß es nicht.«

»Kenne ich diese Person?«

Ich wollte ihr die Wahrheit sagen, aber wie sagt man seiner Freundin, dass man mit ihr schlafen möchte, aber keine Beziehung wollte? Ich wollte doch nur wissen, ob der Sex mit einer Frau besser war, oder nicht. Oder ob ich eben eine komplette Niete im Bett war. Und dennoch, war Kayla die Einzige, mit der ich mir dieses Experiment vorstellen konnte.

»Irgendwie.«

»Gut, vielleicht erzählst du mir irgendwann einmal, wer es ist. Ich muss jetzt aber auch gehen, ich habe noch etwas zu erledigen.«

Die gesamte Woche über, überlegte ich mir eine Ausrede, damit ich nicht zu dieser Party gehen musste. Doch das Schicksal spielte gegen mich. Denn schließlich war es ausgerechnet Kayla, die sich bei mir meldete und fragte, ob ich am Samstag mitkommen würde.

Ich gab mich also geschlagen.

Samstag kam und ich stand vor meinem Spiegel. Kayla saß hinter mir auf meinem Bett und betrachtete mein Outfit.

»Nun, für eine Party, ist das nicht so gut geeignet. Oder?«

»Ich weiß es nicht.«

Verlegen zerrte ich an dem Saum meines Kleides. Ich fand, dass es viel zu eng und viel zu kurz war. Bis heute, konnte ich mir nicht erklären, warum ich dieses Kleid gekauft hatte. Kayla stand auf und trat an meinen Kleiderschrank. Kurz durchsuchte sie meine Kleidung, ehe sie mit einem weiteren Kleid zu mir kam.

Sie stellte sich dicht hinter mich und hielt es von vorne an meinen Körper. Ich weiß, dass ich mich eigentlich um meine Kleidung kümmern sollte, jedoch stand sie so dicht hinter mir. Ihr Duft stieg in meine Nase, während ihre Brust bei jedem Atemzug meinen blanken Rücken berührte.

»Wie findest du das?«

»Besser. Viel besser.«

Erst zwei Stunden später, fiel mir auf, dass ich wohl nicht das Kleid gemeint hatte. Dieses war zwar lang genug, jedoch hatte ich heute Abend das Gefühl, dass jedem auf der Party meine Brust entgegensprang. Ich versuchte immer wieder meinen Ausschnitt mit meiner Clutch zu bedecken.

»Sidney! Kayla! Hier sind wir!«

Wir sahen, wie jemand in der Menge seinen Arm hochriss. Als ich genauer hinsah, konnte ich Susanna erkennen. Wir bahnten uns einen Weg zu ihnen und entdeckten nicht nur Cheryl und Susanna, sondern auch Susannas Cousin Hank. Er reichte uns die Hand und stellte sich vor.

»Hey, ich heiße Hank. Willkommen, auf meiner Party.«

Der Abend verlief, wie ein ganz gewöhnlicher Abend einer Party. Wir sangen, tranken, hatten Spaß und tranken noch mehr.

Irgendwann nahm Kayla meine Hand und nickte mit ihrem Kopf in eine andere Richtung. Ich stand auf und folgte ihr.

Da sie für ihre Verhältnisse viel getrunken hatte, dachte ich, dass sie einmal vor die Tür wollte. Sie führte mich jedoch nicht zur Haustür, sondern nach Oben.

Dort angekommen, klopfte sie so lange an die Türen, bis keiner mehr antwortete. Mit einem Ruck öffnete sie und zerrte mich in das Badezimmer. Erschöpft ließ sie sich auf den Toilettendeckel fallen und lächelte mich an.

»Könntest du abschließen?«

»Klar.«

Nachdem das klackende Geräusch den stillen Raum erfüllte, ging ich zu ihr und setzte mich vor sie hin. Meine Arme legte ich ihr dabei über beide Knie. Ich sorgte mich wirklich um sie.

»Alles in Ordnung? Geht es dir nicht gut?«

»Nein, nein. Alles gut. Aber ich habe mal eine kleine Auszeit gebraucht.«

»Und die konntest du unmöglich alleine verbringen?«

Sie lächelte kurz, ehe sie mir zunickte.

»Ganz genau.«

Ich betrachtete ihr Lächeln und widerstand dem Impuls, mit meinen Fingerspitzen ihre Lippen nachzufahren.

Sie lehnte ihren Kopf gegen die kühlen Fliesen und schloss ihre Augen. Ich hingegen lehnte meinen Kopf auf meine Arme und sah sie an. Ihre dunklen Haare hatte sie zu einem edlen Zopf geflochten. Ihr Zopf glänzte im Licht der Deckenlampe. Meine Augen folgten den ineinander geflochtenen Haaren, bis zu ihren Spitzen, die auf ihrer Brust lagen.

Ich nutzte die Gelegenheit und betrachtete die Form ihrer Brüste. Alles in mir schrie danach, meine Hand zu heben, um sie zu berühren. Nur mit Mühe, konnte ich mich zurückhalten.

Ihre Haare bewegten sich und als ich meinen Blick kurz hob, sah ich, dass sie mich beobachtete.

Peinlich berührt sah ich wieder woanders hin.

Um uns beide abzulenken, versuchte ich eine lockere Unterhaltung zu führen.

»Die Party ist ja ganz nett, aber mir ist es zu laut und zu stickig.«

Ab und an ließ ich meinen Blick wieder hoch wandern. Dabei fiel mir auf, dass sich ihr Blick ganz merkwürdig veränderte, während ich mit ihr sprach. Sie fixierte mich nahezu und ich konnte nicht anders, als sie loszulassen und aufrecht hinzusetzen.

»Findest du nicht?«

Ein neues Lächeln breitete sich in ihrem Gesicht aus.

»Komm her.«

Ich stand auf.

»Ist dir noch gut?«

»Guck mal, hier.«

Sie zeigte auf ihre Wange und ich beugte mich vor, um den Grund ihres Verhaltens zu entdecken.

»Ich weiß nicht, ich sehe nichts.«

»Sieh genauer hin.«

Sie tippte erneut mit ihrem schlanken Finger an ihre Wange. Ich beugte mich noch etwas vor, als sie sich die letzten Zentimeter ebenfalls vorbeugte und mich zu sich herunterzog.

Es fühlte sich wie ein Stromschlag an, als sich ihre Lippen auf meine legten.

Ihr Kuss war erst zögerlich, doch als ich mich nicht wehrte, sondern ihn erwiderte, wurde sie leidenschaftlicher. Sie schob ihre Hand in meine Haare und hielt mich fest.

Ihre Zunge fuhr über meine Unterlippe. Als sie unseren Kuss kurz unterbrach, drängte sich ein leises Seufzen durch meine Lippen hindurch. Ihre Antwort folgte gleich, als sie mich sanft in meine Unterlippe biss.

Zwischen meinen Beinen spürte ich deutlich, wie sie mich anmachte und ich wollte mehr. Doch woher konnte ich wissen, wie weit sie gehen würde? Wie oft hatten sich Frauen schon geküsst, wenn sie zu viel getrunken hatten? Ich wollte sie nicht fragen, denn das würde bedeuten, dass ich den Kuss endgültig beenden müsste.

Und das wollte ich nicht.

Kayla löste sich von mir und hauchte meinen Namen über meine Lippen. Mein Herz sprang vor Freude in meiner Brust auf und ab.

»Sid.«

Ein weiterer Kuss folgte und meine Knie wurden noch weicher. Ich wollte mich enger an sie drängen und ihren Körper an meinem spüren.

Doch auf der anderen Seite, hatte ich Angst davor, dass sie mitbekommen könnte, wie sehr ich sie wollte.

»Sid. Nimm mich.«

Diese drei kleinen Wörter, ließen eine Woge der Lust durch meinen Körper fahren, dennoch hielt ich mich zurück und sah sie an. Ich versuchte zu lachen, damit sie nicht sehen konnte, wie sehr sie mich damit erwischt hatte.

»Was? Du hast zu viel getrunken.«

»Ja, habe ich. Und ich will dich. Jetzt.«

Ich kniete mich vor sie hin und strich ihr mit meiner Hand über ihr Bein.

»Kayla, das bist doch eigentlich nicht du. Was ist los mit dir?«

»Du redest zu viel.«

Sie spreizte ihre Beine und zog ihren Rock höher.

»Ich wollte das schon länger, Sid. Ich hatte nur nie den Mut dazu. Doch heute habe ich ihn.«

Mein Blick hing zwischen ihren Beinen, an ihren nackten Lippen. Sie sahen so weich aus, dass ich sie anfassen wollte. Ich wollte mit meiner Zunge an ihnen entlangfahren und wissen, wie sie schmeckte.

Ich zwang mich dazu, meine Lippen zu befeuchten und ihr diese Idee aus dem Kopf zu treiben.

»Du hast zu viel getrunken.«

»Genau das war der Plan. Erst viel trinken, dann viel Sex. Komm schon Sid, du willst mich auch. Das weiß ich.«

Während sie mit mir sprach, fuhr sie mit ihren Fingern durch ihre Mitte und spielte mit ihr. Sie nahm ihre Lippen zwischen ihre Finger und bewegte sie von links nach rechts. Meine Augen folgten jeder ihrer Bewegungen.

»Sid, komm schon. Fass mich an.«

Ihre ruhige, tiefe Stimme hinterließ eine Gänsehaut auf meinem Rücken. Ohne noch einen Versuch der Gegenwehr beugte ich mich vor und fuhr mit meinen Fingern zwischen ihren Lippen hin und her. Als ich kurz aufsah, bemerkte ich, dass sie ihren Kopf in den Nacken gelegt hatte und genüsslich ihre Augen geschlossen hatte. Ihre Hand knetete ihre Brust, während sich mir ihre Mitte entgegen drängte.

Sie mochte es, genauso wie ich.

Ich schob mir ihre Beine über meine Schultern und legte meine Hände an ihren Po.

Schließlich beugte ich mich nach vorne.

Meine Lippen berührten ihre und meine Zunge begann zwischen ihnen hin und her zu gleiten.

Ihr süßer salziger Geschmack breitete sich in meinem Mund aus und erfüllte mich mit purer Lust. Dies war viel besser, als all meine Tagträume. Und als all meine Momente, in denen ich an Kayla gedacht habe und masturbiert hatte.

Meine Vagina zog sich innerlich zusammen, während ich jeden Zentimeter von Kayla mit meiner Zunge befeuchtete. Ich sog sie in meinen Mund, spielte mit meiner Zunge an ihr und biss sie leicht in ihre weichen Lippen.

Kayla stöhnte auf, als ich ihren Kitzler erreichte und mit ihm spielte.

Ich drängte mich an sie, damit meine Zunge immer tiefer in sie eindringen konnte. Ihr stöhnen wurde lauter und ihr Körper bewegte sich immer heftiger. Schließlich landeten wir beide auf den kühlen Fliesen. Sie drehte mich auf meinen Rücken und kniete sich über mich. Ohne darauf zu achten, was sie tat, beugte ich mich hoch und drang erneut in sie ein. Sie beugte sich im selben Augenblick herunter und fuhr mit ihren Fingern zwischen meine feuchten Schamlippen.

Ich stöhnte gegen ihre Mitte und saugte noch heftiger an ihr. Unsere Bewegungen wurden immer stürmischer, bis ich schließlich den lang ersehnten Orgasmus spürte. Kayla kam auf meinem Gesicht und ihr Saft lief an meiner Wange hinab.

Erschöpft legte sie sich auf mich und versuchte wieder zu Kräften zu kommen. Ich lag unter ihr und betrachtete ihren wunderschönen Körper.

Das war der Moment, in dem ich begriffen hatte, dass ich genau das wollte.

Kurz beugte ich mich wieder vor und küsste sie noch einmal auf ihre Schamlippen. Sie kicherte und zuckte leicht zusammen, als sie meine Berührung spürte. Ich war so glücklich, wie schon lange nicht mehr.

Lara

»Du lächelst heute so. Erzählst du mir endlich, was der Grund dafür ist? Dein Salat kann es nicht sein, den hast du kaum angerührt.«

Ich sah von meinem gemischten Salat auf und direkt in das Gesicht meines besten Freundes.

»Mike, du weißt, dass ich nicht über alles mit dir reden muss.«

»Du meintest, du erzählst mir alles, weil ich dein bester Freund bin.«

Ich wollte ihm unbedingt alles erzählen, doch auf der anderen Seite, war es mir unheimlich peinlich. Oder war es mich gar nicht peinlich, wollte ich das nur für mich behalten?

Ich wusste es nicht genau.

Aber er hörte nicht auf, mich mit seinen großen, braunen Augen anzusehen. Schließlich gab ich mich geschlagen.

»Na gut! Aber nur, weil du mein Mitleid hast.«

»Immerhin! Also, sprich?«

Ich sah mich um und schüttelte mit meinem Kopf.

»Nicht hier. Mir sind das zu viele Menschen.«

»Dann komme ich heute Abend bei dir vorbei und da haben wir dann Zeit, ok? Ich bringe auch etwas zum Essen mit.«

»Das ist ein Wort.«

Ich war nervös, absolut.

Klar, war Mike mein bester Freund, genauso wie Lara. Und was mit ihr passiert ist, wusste ich.

Unruhig ging ich in meiner Wohnung hin und her. Ich hatte bereits die Kissen und die Wolldecke auf das Sofa gelegt. Und die Getränke standen auch bereit. Ich wollte gerade noch ein letztes Mal in mein Schlafzimmer gehen und meine Haare bändigen, als es an der Haustür klingelte.

Ich lief zur Freisprechanlage und nahm ab.

»Ja?«

»Essen für Antworten.«

»Komm rauf.«

Ich drückte auf den Knopf und öffnete ihm so die Tür. Schnell entschied ich mich dazu, meine Haare zu öffnen und zog das Haargummi aus meinen Kinnlangen Locken heraus. Mike klopfte an die Haustür und ich öffnete sie ihm. Zur Begrüßung hielt er eine Plastiktüte hoch.

»Gebratene Nudeln mit jeder Menge Hühnerfleisch, so, wie du es magst.«

»Danke!«

Ich drückte ihn schnell und ließ ihn anschließend durch.

»Ah, wir essen im Wohnzimmer.«

»Ja, tut mir leid, der Anbau, der mein neues Esszimmer beherbergt, ist noch nicht fertig.«

Er blieb stehen und drehte sich auf seinen Absätzen zu mir herum. Mit geweiteten Augen und ausgestreckten Armen starrte er mich an.

»Sie sind immer noch nicht fertig?«

»Leider nicht, nein.«

Plötzlich entspannte er seine Körperhaltung und er nickte mir zu.

»Feuer sie. So kann das doch nicht weitergehen.«

»Tja, seit bald zwölf Jahren immer wieder dasselbe Problem. Ich weiß.«

»Dass sie es nicht fertigbekommen, an eine Wohnung im sechsten Stockwerk noch ein Esszimmer anzubauen. Banausen.«

»Aber alle!«

Wir setzten uns auf das Sofa und er reichte mir meine Packung mit den gebratenen Nudeln.

Während wir aßen, sprachen wir über allgemeine Dinge. Erst als wir fertig waren, nahm er mir meine Packung und die Stäbchen weg und setzte sich bequemer hin.

»Sprich.«

Auch ich lehnte mich zurück und zog die Wolldecke höher.

»Wollen wir nicht noch einen Film sehen?«

»Nein. Silja, Süße. Wenn du nicht reden willst, musst du das nicht, ja?«

»Ja, ich weiß. Aber du warst ja im Endeffekt schuld. Also, solltest du auch alles wissen.«

»Gut, ich höre.«

Ich atmete noch einmal tief durch, ehe ich mir den letzten Ruck gab und anfing, ihm alles zu erzählen.

»Du weißt doch, dass ich vor ein paar Wochen mit dir gesprochen hatte?«

»Klar, du hattest mir von deinem Wunsch erzählt, mit einer Frau zu schlafen. Hat es funktioniert? Ich meine, ich hatte dir ja den Link geschickt.«

»Irgendwie.«

»Glückwunsch!«

»Danke.«

»Also, ich bin auf die Seite dieser Domina gegangen. Und ich habe mir irgendwann den Ruck gegeben, sie anzuschreiben. Sie war ganz nett und wir haben oft geschrieben. Sie hat mir jegliche Frage beantwortet und mir etwas Mut gegeben.«

»Wunderbar.«

»Und dann kam Lara zu Besuch. Wir haben und zusammen einen Film angesehen. Dabei lag ich mit meinem Kopf auf ihren Schoß und sie hat mir über die Haare gestreichelt.«

Ich spürte jetzt noch, wie mir bei diesem Gedanken warm wurde.

»Nun, sie wollte wissen, wann ihr Bus fährt, deswegen ist sie kurz an meinen Computer gegangen. Als sie gesehen hat, welche Seite offen war, hat sie mich darauf angesprochen.«

»Oh oh. Und, was sagt sie?«

»Nun, sie war natürlich ruhig und so. Du kennst sie ja. Aber sie war auch geknickt, dass ich nicht zu ihr gegangen bin. Immerhin sei sie ja Lesbisch, da könnte sie mir das eine oder andere auch erzählen. Aber ich habe ihr dann gesagt, dass das nicht so einfach war.«

»Was ist dann passiert?«

Ich setzte mich gemütlicher hin und tauchte wieder in meine Erinnerungen ein. Der Abend hatte so viel in mir aufgewirbelt, dass es mir schwerfiel, alles in der richtigen Reihenfolge zu erzählen.

An dem Abend

Ich stand neben ihr und Lara zeigte auf die Website.

»Wolltest du mich nicht fragen, weil du dachtest, dass ich in diesem Bereich keine Erfahrung habe?«

»Nein, so war das nicht. Lara, ich kenne dich seit der Grundschule. Es war mir irgendwie peinlich. Du stehst auf Frauen, das wissen wir. Ich wollte es nur einmal ausprobieren. Und…ich wollte dir nicht auf die Füße treten.«

»Das verstehe ich. Habt ihr euch schon einmal getroffen?«

Da war sie, die Frage, die ich nicht beantworten wollte. Doch Lara ließ nicht locker.

»Und?«

»Nun, ja. Einmal.«

Sie setzte sich auf mein Sofa und lächelte mich aufmunternd an.

»Erzähl mir alles! Wie war sie? War sie nett? Und hat es dir gefallen? Was wolltest du ausprobieren?«

»Langsam! So komme ich doch gar nicht hinterher.«

Ich spürte, dass ich sehr erleichtert war, dass sie so positiv auf diese Situation reagiert hatte.

Deswegen setzte ich mich zu ihr und ich wollte ihr alles erzählen.

»Ich habe ihre Adresse von Mike.«

»Also, weiß er Bescheid?«

»Ja, tut er. Und ich habe mich mit ihr unterhalten. Danach haben wir uns getroffen.«

»Erzähl mir, wir es war.«

»Nun, du kennst mich, ich bin kein dominanter Mensch. Ich wollte die andere Seite kennenlernen. Und da dachte ich mir, warum denn nicht beides miteinander kombinieren? Die Unterwerfung, als eine devote Person und der Sex mit einer Frau.«

»Und, was habt ihr gemacht?«

»Nun, als ich bei ihr war, sagte ich ihr gleich, dass ich weder Vibratoren, noch Dildos wollte. Ich wollte nicht das Gefühl haben, dass ein Mann dabei war. Und somit stand für mich außer Frage, dass dieses Spielzeug benutzt werden würde.«

»Und was habt ihr genommen?«

»Zuerst zog sie mich aus und band mich an ein Metallgestell. Danach hat sie meine Brustwarzen in so kleine Vakuumpumpen gesteckt.«

»Hat es dir gefallen?«

»Ich dachte eigentlich nicht, aber, um ehrlich zu sein, ich mochte es. Und auch anschließend das Gefühl, wenn sie meine geschwollenen Brustwarzen in den Mund genommen hatte. Das war… ich weiß gar nicht, wie ich es beschreiben soll. Hat dir schon einmal jemand an den Brustwarzen gesogen?«

»Klar, warum?«

»So war es. Nur viel länger und intensiver.«

Ich merkte, dass ich bei diesen Erinnerungen kribbelig wurde und ja, auch wenn ich es nicht zugeben wollte. Ich wurde feucht. Umso bereitwilliger, erzählte ich Lara den Rest.

»Du kennst doch diese Reinigungsbürsten, für das Gesicht?«

»Klar, wer hat keine zu Hause?«

»Also, ich denke, ich brauch eine zweite.«

»Wieso denn das?«

»Diese verschiedenen Aufsätze, kann man auch für andere Bereiche des Körpers verwenden.«

Offensichtlich hatte sie daran noch nie gedacht.

»Fühlen sie sich gut an?«

Ich lächelte bei der Erinnerung und fast hätte ich geglaubt, dass ich die Vibration noch immer auf meinen Brustwarzen spüren konnte.

»Oh ja.«

»Erzähl mir mehr.«

»Nun, sie benutzte auch die Gerte, aber ich bin ehrlich. Mein Fall war die nicht wirklich.«

»Klar, nicht jeder mag alles, nur weil es bekannt ist.«

»Eben. Und nun, den Rest hat sie dann schließlich mit ihren Fingern erledigt.«

»Also, alles zusammengenommen, wurdest du einmal gut durchgefickt.«

»Ja, so kann man das auch sagen.«

»Und, was sagst du? War es besser, als mit einem Mann?«

»Das kann ich so nicht sagen. Ich denke, dafür waren es zu viele neue Eindrücke. Und abgesehen davon, hat nicht jeder so ein Studio im Schlafzimmer. Ich kenne den *normalen* Sex mit einer Frau nicht.«

Ich konnte fast schon beobachten, wie dieses geheimnisvolle Funkeln in Laras Augen trat. Ich wurde etwas misstrauisch.

»Was hast du? Du hast doch irgendetwas im Sinn.«

»Ich kann dir helfen.«

»Wobei?«

Lara beugte sich vor und zog mich an meinem Kragen zu sich heran. Sie legte ihre Lippen auf meine und küsste mich. Ich war etwas irritiert, jedoch nicht erschrocken. Lara war bekannt dafür, Nägel mit Köpfen zu machen.

Sie küsste mich erst etwas langsamer, schließlich immer intensiver. Ich ließ es geschehen. Mein Körper schrie sowieso nach menschlicher Nähe und sie schien gewillt zu sein, sie mir zu geben.

Ihre Hand suchte sich ihren Weg in meine Haare und ihr Körper presste sich gegen meinen.

So spürte ich, dass sie keine Unterwäsche trug, was meine Lust nur noch mehr entfachte. Als sie schließlich meinen Kopf nach hinten zog und meinen Hals küsste, musste ich das erste Mal kurz aufstöhnen.

In diesem Augenblick, dachte ich kein einziges Mal daran, dass das nur das erste von vielen war.

Sie löste sich für einen Augenblick von meinem Hals und fragte mich schließlich diese eine Frage.

»Vertraust du mir?«, meine Atmung ging stoßweise und ich hatte Angst, dass sie die stetig wachsende Feuchtigkeit zwischen meinen Beinen bemerken konnte. Doch ich nickte leicht.

»Ja.«

Hastig fuhr ich mit meiner Zunge über meine Lippen und nickte noch einmal, dieses Mal deutlicher.

»Ja, ich vertraue dir.«

Sie lächelte mich an und küsste mich wieder. Doch dieses Mal wanderten ihre Lippen von meinen Lippen zu meinem Ohr. Dort biss sie mich kurz in mein Ohrläppchen, ehe sie mir den ersten Befehl gab.

»Steck deine Hand in meine Hose.«

Ich zuckte kurz zusammen und drehte mein Gesicht in ihre Richtung. Ich kannte weder den Tonfall, noch diese Seite von ihr.

»Was?«, fragte ich sie.

»So lernst du, dass du dich nicht in meiner Gegenwart schämen musst.«

Während sie sich hinter meinen Kopf aufstützte, packte sie meine Hand an meinem Handgelenk und führte meine Hand an ihren Hosenbund.

»Tu es.«

Ich schloss meine Augen und überwand meine Hemmungen. Ich wollte es, ich wollte sie fühlen.

Bald darauf, stießen meine Finger auf ihre Mitte. Automatisch suchten sie sich den Weg zwischen ihre Schamlippen und dort spürte ich, wie sehr sie mich wollte.

Meine Finger erkundeten sie und drangen schließlich in sie ein. Lara hatte ihre Stirn gegen meinen Kopf gelehnt und genoss mit geschlossenen Augen, meine Berührungen. Immer wieder drang ich in sie ein und ihr Stöhnen wurde lauter. Lara drängte ihr Becken in rhythmischen Stößen gegen meine Finger und schließlich krallte sie sich in mein Sofa. Sie gab sich vollkommen ihren Orgasmus hin, während mir die Lust zwischen den Beinen herauslief.

Ein letztes Mal stießen meine Finger in sie hinein, als sie von mir herunterglitt.

»Komm mit.«

Sie nahm mich bei der Hand und führte mich in mein Schlafzimmer. Dort zogen wir uns aus und sie legte mich auf mein Bett. Lara kroch von unten zu mir herauf und blieb zwischen meinen Beinen liegen. Ihre Finger strichen über meinen Venushügel und spreizten meine Schamlippen. Kurz drang sie mit ihrem Finger in mich ein. Nur um ihn kurz darauf wieder herauszunehmen und ihn abzulecken.

»Hm, ich mag das. Du auch?«

Mein Mund war trocken, deswegen nickte ich ihr nur zu. Kurz ließ sie ihre Zunge zwischen meine Schamlippen verschwinden, bevor sie zu mir hinaufkam und sich über meinen Brustkorb kniete. Ihre feuchte Mitte, schwebte nur ein paar Zentimeter über meiner Brust doch mein Verlangen stand mir deutlich in mein Gesicht geschrieben. Ihr Finger drang in sie ein und sie lächelte mich an.

»Willst du auch?«

Ich nickte ihr zu und hob meine Hand zu ihr hoch. Ein paar Mal, durfte ich meine Finger in sie einführen, ehe sie mich aufhielt.

»Stopp.«

»Habe ich etwas falsch gemacht?«

»Nein, es ist alles gut. Hier.«

Sie führte meine Finger zu meinem Mund.

»Probier mich.«

Meine Zunge glitt zwischen meinen Lippen hindurch und empfingen ihren Saft. Eine Welle der Lust durchströmte mich und ich wollte mehr von ihr. Sie lächelte mich wissend an.

»Mehr?«

Wild nickte ich mit meinem Kopf. Ich stemmte mich soweit hoch, dass ich mit meiner Zunge direkt zwischen ihre Schamlippen kam.

Ihr Geschmack erfüllte mich und meine Sinne und ich wurde gieriger. Dabei merkte ich zuerst gar nicht, wie sie ihre Hand an meinen Hinterkopf legte. Als ich jedoch etwas Abstand zu ihr gewinnen wollte, um wieder besser atmen zu können, spürte ich, dass sie mich an sich drückte.

Meine Hände lockerten sich um ihren Po, doch sie sprach ganz ruhig zu mir.

»Alles gut. Du bekommst Luft. Atme.«

Und sie hatte recht. Ich musste tiefer einatmen, doch umso mehr durchströmte ihr Geruch mich. Ich konnte gar nicht mehr aufhören, meine Zunge in sie eindringen zu lassen, doch schließlich schob sie mich zur Seite.

»Warte.«, ungeduldig ließ ich mich von ihr auf die Matratze legen. Sie kniete sich zwischen meine Beine und drang mit zwei Fingern in mich ein. Ich kann nicht mehr genau beschreiben, welche Punkte sie von mir erwischt hatte, jedoch gefiel es mir. Während ich vor ihr lag, sprach sie mit mir.

»Egal, was gleich mit dir passiert, lass es geschehen. Es ist alles Gut. Dein Körper funktioniert ganz normal.«

»Wirklich?«

»Natürlich. Entspanne dich und genieße es.«

Ich verließ mich auf sie und entspannte mich. Doch bald konnte ich nicht mehr an mich halten und meine Muskeln spannten sich an. Ich dachte, dass ich einen ganz normalen Orgasmus erleben würde, doch dann spürte ich es.

Etwas nasses spritze aus mir heraus und zeitgleich bekam ich meinen Orgasmus. Ich kann mich noch daran erinnern, dass Lara unbarmherzig weiter in mich eindrang und somit den Orgasmus in die Länge zog.

Ich schämte mich, doch meine Lust sprach für sich. Lara hatte gewusst, was sie tat, sie wollte, dass mein Körper so reagierte.

Heute Abend

Meine Erinnerung verblasste und ich lächelte Mike an. Schließlich erzählte ich ihm alles.

Am Ende saß er da, mit offenem Mund und staunte.

»Und das war Lara? Unsere Lara?«

»Ja, verrückt, oder?«

#»Oh ja.«

Ich nickte ihm zu und lächelte.

Dass wir uns bald wieder treffen wollte, verschwieg ich ihm.

Lynn

»Guten Tag, wir bedanken uns bei Ihnen für Ihr Interesse an unseren Produkten. Wir freuen uns darauf, mit ihnen zusammenzuarbeiten, bitte fügen Sie Ihrem Testbericht einige Bilder hinzu. Ihr Team von LoveAndLust«

Lynn faltete den Brief wieder zusammen und reichte ihn mir.

»Das war kein Witz?«

»Nein, das steht da wirklich.«

»Du sollst diese Sachen testen und dann noch Bilder davon online stellen?«

»So sieht es aus.«

Sie beugte sich vor, um noch einen Schluck von ihrem Rotwein zu trinken.

»Das ist übel. Wirst du es machen?«

»Wie immer, kommst du gleich zur Sache. Ich weiß es nicht. Als ich mich bei denen angemeldet hatte, hoffte ich auf ein paar Gratisproben von Kosmetikartikeln. Nicht darauf, eine Kiste mit unterschiedlichen Vibratoren zu testen.«

Lynn lehnte sich zurück und ließ sich eine Weintraube schmecken. Ich warf meiner Freundin einen Seitenblick zu und zog meine Augenbrauen hoch. Sie saß neben mir, schaukelte mit ihren Beinen hin und her und grinste in sich hinein. Ich kannte dieses Grinsen bereits und somit wusste ich, dass sie eine ziemlich blöde Idee entwickelte.

»Ich mache auch die Bilder, versprochen.«

Ich riss die Augen auf und stammelte herum.

»Was? Wie? Lynn!«

Hastig versuchte ich zu schlucken, um meinen Mund irgendwie zu befeuchten. Dann lachte Lynn mich aus.

»Du solltest dein Gesicht sehen. Als ob ich noch nie einen Vibrator und eine nackte Frau gesehen hätte.«

»Aber, das. Warum?«

»Warum nicht? Wir waren doch auch schon zusammen schwimmen.«

»Ja, aber das ist doch etwas völlig anderes.«

»Ach ja? Und das eine Mal, als wir im Urlaub waren und so richtig betrunken waren? Und was ist mit den unzähligen Malen, als wir uns für eine Party zurechtgemacht hatten?

Da habe ich dich auch nackt gesehen. Wo ist da also der Unterschied?«

Irgendwie war ich fassungslos von ihren Argumenten… Aber auch gefesselt von ihrem Gedankengang.

»Da sollte ich aber keinen Vibrator benutzen!«

Sie ignorierte mich und sprach einfach weiter.

»Als ob du noch nie einen benutzt hättest. Aber egal, zeig mir mal die Kiste.«

Ich stand auf und ging in mein Schlafzimmer. Bei jedem Schritt spürte ich die Wärme zwischen meinen Beinen.

Als ich wieder bei Lynn ankam, wusste ich, dass mein Kopfkino seinen eigenen Film schrieb.

Und mein Körper war mein bester Zuschauer.

Ich stellte die Kiste auf das Sofa zwischen uns und öffnete sie.

»Was hast du jetzt damit vor?«

Sie hatte ihr Weinglas auf dem Tisch abgestellt und wühlte bereits mit beiden Händen in der Kiste herum.

»Oh.«

»Hast du etwas interessantes gefunden?«

»Das hier.«

Sie zog einen rosafarbenen Vibrator heraus, er sah aus wie ein verbogenes U.

»Und was macht man damit? Ich kenne Vibratoren eigentlich nur in einer länglichen Form.«

Interessiert nahm ich ihr das kleine Silikonteil ab und drehte es ein paar Mal hin und her. Dabei bemerkte ich die Aufschrift auf der Verpackung, die versprach, dass dieses kleine Ding viele Einsatzmöglichkeiten hätte.

»Du kennst ihn nicht?«

»Nein. Du etwa?«

»Klar, ich habe auch einen zu Hause.«

Für einen kurzen Augenblick, hatte ich ganz eindeutige Bilder in meinem Kopf. Doch zu meiner Verwunderung fand ich die gar nicht so abstoßend.

»Du solltest ihn ausprobieren. Ich verspreche dir, dass er dir gefallen wird!«

Bevor ich noch etwas sagen konnte, richtete Lynn ihre Aufmerksamkeit wieder auf die Kiste.

»Oh, der ist schön. Brauchst du den noch?«

Sie zog einen klassischen Vibrator heraus.

»Der?«

»Ja, der. Ich habe so einen ähnlichen zwar schon, aber meiner hat noch Noppen dabei und er ist blau. Der hier ist Lila. Das ist doch ein Argument.«

»Sag mal, sammelst du die?«

»Mehr oder weniger, ja. Warum auch nicht? Sie sind super. Und günstiger im Unterhalt, als ein Mann.«

Ich saß auf dem Sofa und betrachtete meine Freundin. Wir wussten wirklich viel von uns, aber so offenherzig hatten wir noch nie über dieses Thema gesprochen.

»Was denn?«

»Nichts. Du verwunderst mich nur.«

»Warum denn das?«

»Ich dachte nicht, dass du so offen mit dem Thema umgehst. Danke, dass du mir so sehr vertraust.«

»Klar doch. Wir sind doch Freundinnen.«

Lynn ließ den Vibrator sinken und sah mich an. Sie schien abzuwägen, ob sie mir etwas erzählen sollte, oder nicht. Sie entschied sich offensichtlich dagegen.

»Du solltest die Kiste testen.«

Es war mitten in der Nacht und ich lag in meinem Bett. Lynn lag im Wohnzimmer auf dem Sofa und schlief. Ich hingegen bekam keinen freien Kopf. Immer wieder flogen meine Gedanken zu der Kiste. Ich wollte den kleinen, rosafarbenen Vibrator testen, denn ich wollte wissen, warum Lynn so begeistert war.

Aber mein Problem lag darin, dass ich ihn sofort testen wollte.

Ich wusste, wenn ich mir genug Mühe gab, konnte ich ihn auch jetzt testen, wenn die Kiste nur nicht im Wohnzimmer stehen würde!

Ich verfluchte mich innerlich für mein gedankenloses Handeln. Schließlich hatte ich bereits den halben Abend gemerkt, dass meine Lust wuchs. Doch ich wollte nicht erklären müssen, warum ich die Kiste mitnahm.

Unruhig wälzte ich mich zurück auf die andere Seite und starrte die Wand an.

Während ich mir vorstellte, wie er sich anfühlen würde und was ich damit machen könnte, suchte meine Hand ihren Weg zwischen meine Beine. Für einen Augenblick berührte ich mich, streichelte über meinen Kitzler, spreizte meine Schamlippen und drang in mich ein.

Ich war feucht, das spürte ich jetzt noch mehr, doch ich war auch enttäuscht. Ich wollte ihn jetzt ausprobieren.

Deswegen stand ich auf, zog mein T-Shirt zurecht und schlich zurück in mein Wohnzimmer.

Leise schlich ich an meiner Kommode vorbei. Doch als ich auf der Höhe meines Esstisches war, trat ich aus Versehen gegen einen der Stühle. Innerlich fluchend hielt ich an, hob meinen Fuß und strich wie eine besessene über meine Zehe. In diesem Moment, schreckte Lynn hoch und sah mich mit großen Augen an.

»Du? Hier?«

»Ja? Ich wohne hier.«

»Schon. Aber wolltest du nicht schlafen?«

Langsam ging ich auf das Sofa zu, bis ich neben der Kiste stehen blieb. Ich hob sie hoch und zuckte mit meinen Achseln.

»Ich konnte bei diesem Chaos nicht schlafen. Du kennst mich, ich mag das nicht.«

Lynn schluckte die kleine Lüge und nickte mir zu. Dabei umklammerte ihre Hand die Bettdecke.

»Klar, mach das. Dann räum auf und schlaf gut.«

Ich wollte mich gerade erleichtert herumdrehen, als ich die Schere und die offene, leere Verpackung auf dem Wohnzimmertisch bemerkte. Ich blieb stehen und zog meine Augenbraue hoch.

»Lynn?«

Sie zuckte zusammen und sah mich aus ihren großen, braunen Augen an.

»Ja?«

»Wir hatten zwar den Pappkarton geöffnet, jedoch waren die Vibratoren alle verpackt.«

»Echt?«

»Ja, wo kommt die leere Verpackung her?«

Sie schluckte, als sie ziemlich rot wurde, kleinlaut seufzte und den Vibrator unter der Bettdecke hervorzog.

»Was soll ich sagen, Mel? Die Situation war einfach zu verlockend!«

Ich konnte ihr nicht böse sein, immerhin hatte ich ja dasselbe vor. Ich stellte die Kiste wieder auf den Fußboden und zog die Verpackung von dem rosafarbenen Vibrator heraus. Anschließend setzte ich mich zu ihr auf das Sofa.

»Ich bin doch auch nicht besser.«

»Also doch!«

Anklagend zeigte sie mit ihrem Finger auf mich.

»Ich wusste, dass dein Putzwahn nicht so schlimm sein kann.«

Ich zuckte unschuldig mit meinen Schultern.

»Wir sind erwachsen, das passiert.«

»Richtig.«

Ich konnte wieder das Glitzern in Lynns Augen erkennen.

»Was hast du denn jetzt schon wieder vor?«

Sie kroch langsam auf mich zu, um sich dann rittlings auf meinen Schoß zu setzen. In diesem Augenblick sah ich, dass sie keine Kleidung mehr trug. Sie legte ihre Unterarme auf meine Schultern und lächelte mich verschmitzt an.

»Halten wir fest. Wir kennen uns seit vielen Jahren, wir kennen unseren Körper auch nackt und wir sind beide Geil. Was sagt uns das?«

Ich wusste nicht, worauf sie hinauswollte.

»Das wir beide menschliche Wesen sind und das unsere Wünsche und Empfindungen völlig normal sind?«

Sie lachte kurz auf.

»Ach Mel, du kannst so herrlich naiv sein.«

Sie beugte sich weiter vor und küsste mein Ohrläppchen.

Ich war es gewohnt, dass wir miteinander kuschelten und uns auch mal einen Kuss gaben, das war bei uns völlig normal.

Doch so, hatten mich ihre Lippen noch nie berührt. Sie waren warm, weich und irgendwie fordernd. Ein weiterer Kuss folgte und schließlich strich ihre warme, feuchte Zungenspitze über mein Ohrläppchen. Ein Schauer lief über meinen Körper und hinterließ ein angenehmes Kribbeln.

»Das bedeutet, dass Sex zu zweit einfach viel mehr Spaß macht.«

Bevor ich etwas sagen, oder gar unternehmen konnte, legte sie mir ihre Hände an meine Wangen. Ihren benutzten Vibrator klemmte sie dabei zwischen meine Wange und ihre Handfläche. Ihre Lippen fanden meine und der Kuss drückte die pure Lust aus und versprach so viel mehr, dabei stieg ihr Geruch vom Vibrator in meine Nase und betörte zusätzlich meine Sinne.

Mein Körper reagierte auf ihre unausgesprochene Frage und meine Hände legten sich auf ihren Rücken.

Ich erkundete ihren Körper, während ihre Zunge fordernd in mich eindrang.

Sie spielte mit mir, erkundete mich und brachte mich zum Stöhnen.

Zwischen meinen Beinen fühlte ich die Wärme und da wusste ich, dass ich nicht nur mehr, sondern alles von ihr wollte. Ich drehte meinen Kopf und beendete somit unseren Kuss. Sie wollte schon protestieren, als ich mit meiner Zunge über den Schaft des Vibrators in ihrer Hand leckte. Lynn lehnte sich vor und leckte ebenfalls an den Schaft. Ab und an stieß sie dabei mit ihrer Zunge, gegen meine.

Sie war so mit dem Vibrator beschäftigt, dass sie nicht bemerkte, dass nur noch eine meiner Hände auf ihrem Rücken ruhte. Die andere schob ich langsam zwischen ihre Beine. Dabei versuchte ich, sie nicht zu berühren.

Als meine Fingerspitzen auf ihre Schamlippen trafen, war es auch schon für sie zu spät und meine Finger drangen ungehemmt in sie ein.

Sie stöhnte auf und schloss genüsslich ihre Augen, während ich mich in ihr bewegte. Lynn drängte ihr Becken auf meine Finger und bewegte sich über mir. Ich wollte gerade einen weiteren Finger in sie eindringen lassen, als sie mich bremste.

»Warte.«

Sie stieg von mir herunter und kniete sich hin. Mit zwei Handgriffen, hielt sie ihren Slip und eine weitere Verpackung in ihrer Hand. Beides legte sie zu dem rosafarbenen Vibrator auf den Tisch. Ich beobachtete Lynn dabei, wie sie den rosafarbenen und einen weiteren, schwarzen auspackte. Ich erkannte einen Analvibrator und versuchte sie zu bremsen.

»Ähm, Lynn?«

»Was denn?«

»Was hast du mit dem schwarzen vor?«

Sie drehte sich herum und da sah ich, dass sie ihren Slip und die Schere in ihrer Hand hielt. »Seine Basis ist größer, so rutscht er nirgends durch.«

»Das ist ja gut für ihn, aber das ist nicht so meins.«

Sie schnitt ein kleines Loch in ihren Slip und schob den Vibrator hindurch.

»Sicher?«

Ich wusste nicht was sie vorhatte, doch ich vertraute ihr.

»Leg dich hin.«

Ich rutschte über das Sofa und legte mich hin, während Lynn in den Slip schlüpfte und so nun stolz einen improvisierten Strap-On trug.

»Gut, was? Man muss sich nur zurechtfinden.«

Sie nahm vom Tisch den kleinen rosafarbenen Vibrator und kniete sich zwischen meine Beine.

»So und jetzt zeige ich dir, was dieser Freund hier alles kann.«

Sie schaltete ihn an und begann damit, meinen Kitzler zu verwöhnen. Die Lust durchströmte meinen Körper. Meine Beine spreizten sich noch weiter und versuchten so nah an Lynn heranzurutschen, wie es nur möglich war.

Die Vibration glitt von meinem Kitzler weg und widmete sich meinen Schamlippen.

»Ich glaube, du bist zu trocken. Warte Mal.«

»Trocken? Bist du dir sicher? Ich finde das ganz… Oh, das ist gut.«

Ihre feuchte Zunge glitt über meine Schamlippen und rein zufällig, rutschte sie ab und zu ab und glitt zwischen sie hindurch. Ich sog die Luft scharf ein, nur um sie dann mit einem Stöhnen wieder auszustoßen. Lynn machte mich wahnsinnig und sie schien das zu wissen.

Dann hörte die Vibration einfach auf. Ich stemmte mich auf meine Ellenbogen, um sie zu beobachten. Sie legte den rosafarbenen Vibrator wieder auf den Tisch und zog eine kleine Packung hervor. Ich erkannte viele, kleine Schmetterlinge darauf und lächelte.

»Du kennst ihn?«

Auch sie grinste.

»Klar.«

Sie ließ den kleinen Vibrator in ihre Handfläche fallen und grinste mich an.

»Die sind so lieb von dem Laden. Die Batterien sind schon überall eingebaut.«

»Ich will die Fernbedienung.«

Lachend gab sie mir die kleine Fernbedienung und wir testen kurz, ob auch die Verbindung funktionierte.

»Wackelt.«

Lynn zog den Stoff zwischen ihren Beinen zur Seite und legte sich den kleinen Vibrator an ihren Kitzler. Schließlich zog sie die Bänder um ihre Beine und ihre Hüfte und befestigte alles, anschließend grinste sie mich an.

»Ich bin startklar.«

»Dann komm endlich her.«

45

Ich zog sie zu mir herunter und küsste sie. Meine Zunge fuhr über ihre Lippen, bis sie sich öffneten und mich ihre Zunge empfing. Ihre Zunge streichelte und liebkoste mich, während sie mich mit dem improvisierten Strap-On verwöhnte.

Langsam drehte ich die Vibration zwischen ihren Beinen höher.

Unsere Körper bewegten sich in ihrem ganz eigenen Rhythmus und wir vergaßen alles um uns herum und gaben uns unserer Lust hin. Wir küssten uns und berührten uns. Dabei neckten wir uns, bis die Orgasmen durch unseren Körper rollten.

Wir lagen erschöpft, müde aber glücklich auf meinem Sofa und genossen das Nachbeben in unseren Körpern. Schließlich fing Lynn an zu kichern.

»Was ist denn jetzt los?«

Sie stemmte sich hoch und lächelte mich an.

»Weißt du, was wir vergessen haben?«

»Ein Kondom?«

Sie lachte und schüttelte mit ihrem Kopf.

»Auch und was noch?«

Ich überlegte, doch mir fiel nichts ein.

»Keine Ahnung, was denn?«

»Die Fotos.«

Da wusste ich wieder, was sie meinte. Ich lächelte Lynn an und hob meine Hand hoch, in der noch immer die Fernbedienung für ihren Vibrator ruhte.

»Dann auf zur nächsten Runde.«

Damit startete ich die Vibration zwischen Lynns Beine erneut.

May

Im Radio lief wieder dieses eine Lied, dass May seit Monaten verfolgte. Gedankenverloren stand sie vor ihrem Herd und lauschte den vertrauten Klängen, bis sie unsanft zur Seite gestoßen wurde und jemand ihr die Bratpfanne aus ihrer Hand riss.

Sie wollte bereits protestieren, als sie den dunklen Rauch sah.

Ungeschick balancierte ihr Ehemann Steve die Bratpfanne unter dem Wasserhahn, während er vor sich hinmurmelte. Während das Wasser auf den angebrannten Speck prasselte und sich mit kleinen Geschossen in der Küche verteilte, hörte sie nur halbherzig ihrem Ehemann zu.

Sie kannte seine Meinung und sie wusste, dass er ihr nur wieder wehtun würde, wenn sie ihm jetzt zuhören würde.

»May? May, ich rede mit dir!«

Sie kniete sich hin und wischte über die feuchten Fliesen, ohne hochzusehen, antwortete sie ihm.

»Das habe ich gehört.«

»Warum antwortest du mir dann nicht?«

Die Wahrheit konnte sie ihm nicht sagen.

»Es tut mir leid, ich wollte nicht, dass du ausrutschst.«

Er schwieg, während sie um seine Füße herum putzte. Innerlich hätte sie ihm am liebsten ein Messer in seine Wade gestochen, doch äußerlich, konnte man ihr diesen Gedanken nicht ansehen.

»Gut. Ich wollte dir eigentlich auch nur sagen, dass ich heute Abend später kommen werde. Du brauchst nicht auf mich zu warten.«

»In Ordnung.«

»Ich gehe dann jetzt.«

»Mach das.«

Sie sah ihm zu, wie er seine Aktentasche nahm und sich auf den Weg in das Büro machte. May hingegen blieb auf dem Boden sitzen. Seit zehn Jahren, waren sie und Steve verheiratet. Am Anfang waren sie sehr verliebt und glücklich gewesen. Sie kamen schon in der Schule zusammen und sobald sie volljährig waren, hatten sie geheiratet.

Ein paar Jahre waren sie glücklich, bis sie die Nachricht bekamen, dass May keine Kinder bekommen konnte.

Da fing es an.

Stück um Stück, zerbröckelte erst ihr Herz, dann ihre innige Beziehung und jetzt floss ihre Ehe den Bach hinunter. Niemals hatte May daran geglaubt, dass das einstige Traumpaar der Schule diesen Weg gehen würde.

Resigniert stand sie auf. Nach einem kurzen Blick durch die Küche und dem Schlachtfeld, dass sie hinterlassen hatte, schmiss sie das Geschirrhandtuch auf die Arbeitsplatte und ging in das Wohnzimmer.

Als sie aus dem Fenster sah, entdeckte sie den Postboten, der gerade eine ganze Handvoll an Briefen in ihren Briefkasten steckte. Routiniert fuhr sie sich mit ihren Fingern schnell durch ihre Haare, setzte ein strahlendes Lächeln auf und verließ das Haus. Mit festen Schritten, ging sie zum Briefkasten, zog elegant die Post heraus und ging wieder zurück in das Haus.

Hinter der verschlossenen Haustür, besah sie sich die Briefe.

Die meisten waren für Steve. Kreditangebote seiner Bank, Briefe von Kollegen und angeforderte Unterlagen, spiegelten ihr Leben wider.

Doch dann fiel ihr ein kleiner, harter Brief in die Hand, der an sie beide adressiert war. Neugierig öffnete sie ihn, zog die Karte heraus und las.

Ihre Abschlussklasse hatte ein Klassentreffen organisiert, dabei durften natürlich sie und Steve nicht fehlen. In der Karte lag das letzte Gruppenfoto, dass sie als Klasse zeigte. Mit einem leichten Lächeln betrachtete May die Gesichter ihrer ehemaligen Klassenkameraden, ihrer Freunde und von den Menschen, die dachten, dass sie befreundet waren, obwohl May nicht einmal ihre Namen wusste.

Schnell hatte sie in ihrem Leben gelernt, dass sie niemals die selbstbewusste, intelligente Frau werden würde, die sie immer sein wollte.

Die Liz immer gewesen war.

Sie hatte Liz oft dafür bewundert, wie sie ihr Leben lebte. Ihre beste Freundin war schlau, beliebt und wunderschön.

Ganz anders, als sie es war, deswegen hatte sie den größten Teil ihrer Aufmerksamkeit auf ihre Schönheit gelegt.

Oft hatte sie gehört, dass sie ein schönes Mädchen war, dass ihr zukünftiger Mann der glücklichste von Allen werden würde.

Sie selbst, hatte sich jedoch nie schön gefunden. Optisch ansprechend, ja. Aber nicht schön. Ihre blonden Haare trug sie meist kurz. Viele dachten, dass sie modisch mit ihrem Bob aussehen wollte.

Doch in Wahrheit, hatte May so trockene Haare, dass sie ihr unterhalb ihrer Schulter immer abbrachen. Jeder lobte sie für ihre weiche Haut. Dass sie diese jedoch zwei Mal täglich eincremen musste, sagte sie niemanden. Sie schien nach außen hin perfekt zu sein, doch innerlich versuchte sie nur zu überleben.

Ihr Plan hatte funktioniert.

Sie hatte ein gutes Leben, keine Schulden und einen Ehemann.

Doch diese Einladung, hatte sie an Liz erinnert. Diese Frau, die ihr ganzes Leben verändert hatte. Kurz war sie gewillt ihrem Mann zuliebe, nicht zu diesem Klassentreffen zu gehen. Doch dann fiel ihr wieder ein, dass er ja auch kein Kind von Unschuld war, deswegen beschloss sie, doch zu gehen. Sie würde diesen Abend genießen. Und sie würde Liz wiedersehen.

May warf einen kurzen Blick auf ihr Smartphone, ehe sie innerlich schnaufte. Steve hatte sie darum gebeten erst einmal alleine zu dem Klassentreffen zu fahren, er würde nachkommen. Jetzt ließ er sie wissen, dass er länger arbeiten musste.

Mal wieder.

Angeblich.

May straffte sich innerlich und betrat ihre alte Schule. Sie hatte sich kaum verändert. Die Wände hatten zwar einen frischen Anstrich bekommen, jedoch hielt die Schule nach all den Jahren an diesem schrecklichen Blau fest.

Sie fand sich schnell zurecht und bald hörte sie die Musik aus der Turnhalle dröhnen. Innerlich ekelte sie sich vor dem Gedanken, in einer verschwitzten Turnhalle dieses Klassentreffen abzuhalten, jedoch musste sie sich auch eingestehen, dass sie als Teenager diese Feste in eben dieser verschwitzten Turnhalle geliebt hatte.

Mit gestrafftem Körper, betrat sie die Halle. Einige der Umstehenden sahen sie und begrüßten sie. Alte Erinnerungen stiegen in ihr hoch und trübten ihren Blick.

Für einen kurzen Augenblick, fühlte sie sich so glücklich und frei, wie zu ihrer Schulzeit. Steve war schnell vergessen und auch sonst besserte sich ihre Stimmung.

»Das ist unglaublich, May! Du siehst exakt genauso aus, wie damals. Dass das schon so lange her ist, sieht man dir wirklich nicht an. Oder? Was sagst du dazu Miles?«

»Claudia, bitte. Du bedrängst May.«

»Was? Nein! Das mache ich nicht.«

May hob ihre Hand und versuchte diesen Streit im Keim zu ersticken. Claudia und Miles waren damals in ihrem Freundeskreis *das* Paar, dass jeder kannte. Ständig knutschten sie herum, fummelten und verkrochen sich in dunkle Ecken. Jeder hatte ihnen das zugestanden. Claudias Eltern hatten sich ein Imperium mit Antiquitäten aufgebaut. Doch Claudia wurde von ihnen an der kurzen Leine gehalten. Sie musste stets das anziehen, was ihre Mutter für sie herausgelegt hatte, sie musste in die Kirche gehen und freiwillig soziale Arbeiten erledigen. Während die anderen im Diner saßen oder im Kino waren, wurde Claudia von ihrer Mutter in das nächste Altenheim gebracht, um die alten Menschen zu beschäftigten.

Auf den ersten Blick, war das eine gute Art, seinem Kind die wesentlichen Werte zu vermitteln. Doch das hatte den Nachteil, dass das, was alle nach der Schule erlebten, von Claudia in der Schule ausgelebt wurde. Oft mussten die Freunde für Claudia einspringen und die Lehrer anschwindeln. Liz hatte das nie gut gefunden, schließlich wusste sie, dass Claudia und Miles auf dieselbe Uni gehen wollten. Dafür mussten sie sich anstrengen...

Liz.

Ein Bild, ein Moment blitzte in May auf und sie sehnte sich danach, dies erneut zu spüren. Als sie ihren Wunsch verstand und begriff, dass sie ihren Mann mit Liz betrügen wollte, erschreckte sie vor sich selbst.

»Verzeiht mir bitte. Ich möchte einmal, ihr wisst schon.«

»Klar, geh nur, May. Ich bringe meine Frau wieder zur Vernunft.«

May verließ ihre beiden Freunde und suchte die Toiletten auf.

Dort angekommen, öffnete sie eine der Klokabinen, setzte sich hin und verschloss die Tür.

Noch bevor sie sich zusammenreißen konnte, spürte sie bereits die ersten Tränen auf ihrer Wange.

Zu sehen, wie glücklich Claudia und Miles noch immer waren, brach ihr das Herz. Dieses Glück, hatte sie sich stets für sich und Steve gewünscht.

Und jetzt saß sie hier, die Erinnerungen einer alten Jugendsünde so stark und präsent, wie nie zuvor in ihrem Geist.

Und sie wollte es, sie wollte es wirklich.

Langsam begriff sie, dass ihre Liebe zu Steve schon lange verbrannt war. Sie hatte sich ihn ausgesucht, weil es für eine Frau normal war, einen Mann zu heiraten. Heute zweifelte sie noch immer an dieser Entscheidung.

Sie weinte immer lauter, bis sie sich sicher war, dass jeder sie hören konnte. Doch niemand öffnete die Tür, deswegen fühlte sie sich sicher genug, um ihren Emotionen freien Lauf zu lassen.

Schließlich wurde unter der Abtrennung der Kabine ein Taschentuch hindurchgereicht. Innerlich verkrampfte sich May, dabei starrte sie dieses Taschentuch wie eine Handgranate an.

Sie hatte keine Tür gehört.

Diese Person neben ihr, musste dort schon länger sitzen.

»Schon gut, du kannst es nehmen.«

Sie erkannte die Stimme und nahm es dankbar an. Sie zitterte, während ihr Herz wild in ihrer Brust schlug. Bevor sie ihr Verhalten auffällig wurde, schnäuzte sie sich hörbar.

»Liz?«

»Hallo May.«

»Danke.«

»Schon gut. Diese engen Kabinen bieten einem viel Schutz.«

»Was machst du hier? «

»Ich weiß es nicht. Und warum geht es dir so schlecht? Ich habe dich vorhin gesehen und ich dachte eigentlich, dass du das alles hier genießt.«

May musste hart schlucken, ehe sie sich dazu durchringen konnte, etwas zu sagen.

»Ich... Ich.«

»Warte.«

»Was?«

»Da kommt jemand.«

May kam noch dazu, sich zu wundern und sich die Tränen wegzuwischen, als die Tür geöffnet wurde und zwei Frauen die Toiletten betraten.

Im selben Augenblick, wurde unter der Kabine ein Smartphone durchgereicht. Auf dem Display, konnte May ein Wort lesen.

Pool.

Sie kontrollierte noch einmal ihr Gesicht, stand auf und öffnete die Tür. Als die beiden Frauen sie sahen, lächelten sie May an.

»Hallo May.«

»Hallo ihr beiden.«

Ruhig, jedoch auch mit klopfendem Herzen, verließ May die Toiletten und machte sich auf den Weg zum Schulpool.

May wartete keine fünf Minuten darauf, dass die Tür geöffnet wurde. Erwartungsvoll drehte sie sich herum und lächelte Liz an. Die beiden Frauen traten sich gegenüber und umarmten sich.

»Ich hätte niemals gedacht, dass wir uns noch einmal wiedersehen.«

»Ich wusste auch nicht, ob ich zu diesem Treffen gehen sollte.«

»Wegen damals?«

Liz setzte sich auf die Bank und klopfte neben sich auf den harten Stein.

»Ja, deswegen.«

May setzte sich zu ihr und betrachtete sie lächelnd.

»Ich freue mich darüber, dass du gekommen bist.«

Zwar lächelte Liz sie an, doch May konnte sehen, dass es ihrer ehemaligen besten Freundin nicht gut ging. Sie nahm ihre Hand in ihre.

»Was hast du?«

Liz wischte sich eine Träne aus ihrem Augenwinkel und lächelte May an.

»Das ist alles so merkwürdig. Ich weiß es gar nicht.«

May zog sie in ihre Arme und legte ihren Kopf auf die Schulter von Liz. Tief atmete sie ihren Duft ein und schloss dabei ihre Augen. Erinnerungen flackerten in ihr hoch und sie lächelte.

»Da gibt es etwas, das ich dir schon immer sagen wollte, Liz.«

»Und was ist das?«

»Ich war dumm.«

»Das weiß ich längst.«

»Nein, ich meine das wirklich so. Ich hätte dich damals nicht so vor den Kopf stoßen sollen.«

»Ich kenne deine Beweggründe. Du solltest dir deswegen keine Gedanken machen.«

May ließ Liz los.

Ihre Hände fühlten sich taub an und dennoch schienen sie zu kribbeln.

»Doch. Ich habe dich verletzt und das tut mir leid.«

»May, wir waren jung. Ich habe dir von jetzt auf gleich erzählt, dass ich dich liebe. Ich, ein Mädchen. Natürlich hast du diese Gefühle nicht erwidert. Und dennoch bin ich dir dankbar, wie ruhig du damit umgegangen bist. Und für das, was du getan hast.«

May hob ihre Hand und strich Liz über ihre Wange. Dabei berührte ihr Daumen kurz ihre Lippen.

»Du hattest ihn verdient.«

»Du musstest das aber nicht machen. Und dennoch hast du mir einiges erleichtert.«

»Der erste Kuss muss etwas Besonderes sein. Und das wollte ich dir schenken.«

Liz drehte ihren Kopf leicht und küsste kurz Mays Daumen. Durch May raste ein Gefühl, dass sie schon lange nicht mehr verspürt hatte. Es war stark und intensiv, jedoch auch viel zu kurz, um es richtig aufzunehmen.

Wortlos drehten sich beide Frauen so herum, dass ihre Beine links und rechts von der Bank herunterhingen. Früher saßen sie oft so da und unterhielten sich. Privat, intim.

Nur zwei Mädchen mit einem großen Geheimnis.

Unbewusst rutschten sie dichter zueinander hin. May war gefesselt von dem sanften Lächeln, dass Liz ihr schenkte.

»Wie früher.«

»Ja, wie früher.«

Theatralisch musterte Liz May.

»Ich denke, dass Steve glücklich mit dir ist. Du bist nach wie vor wunderschön.«

May betrachtete Liz schweigend. Schließlich sprach sie unvermittelt ihre Gedanken laut aus.

»Ich hätte damals dich wählen sollen. Dann hätte ich jetzt nicht nur eine Frau, die mich liebt, ich hätte auch eine Partnerin gehabt, die in den letzten Jahren jeden Tag schöner geworden ist.«

»Was soll das heißen?«

May zuckte unschuldig mit ihren Schultern und lehnte sich leicht vor. Vorsichtig suchten ihre Lippen nach denen von Liz.

Als ihre Lippen sich berührten, tauchte dieses Gefühl wieder auf, dass May zum Lächeln brachte.

»Da ist es wieder.«

»Was ist wieder da?«

»Dieses Gefühl in mir.«

Liz lehnte sich etwas zurück und sah in Mays Augen. May konnte nicht sagen, ob sie traurig war, resigniert oder kalt. Das Leuchten aus ihnen war verschwunden.

»Was willst du von mir?«

»Das, was ich dir einst geschenkt habe. Nur einen Kuss.«

Liz schüttelte mit ihrem Kopf.

»Das bekommst du von mir nicht. Nach unserem Kuss, habe ich lange von der Erinnerung gezerrt. Sie erleichterte mir den Umgang mit anderen Frauen, ja. Aber jedes Mal, habe ich sie mit dir verglichen und jedes Mal, habe ich mir gewünscht, dass du vor mir sitzen würdest. So, wie jetzt auch.«

May hörte ihre Worte und verstand sie, doch ihr Körper rebellierte. Steve hatte sie das letzte Mal vor drei Jahren berührt. Diese innige und intime Situation mit Liz, vernebelte ihre Gedanken.

Dazu kam, dass beide Frauen Röcke trugen, May konnte deutlich riechen, dass sie beide mehr wollten. Der Alkohol in ihrem Blut, verstärkte ihren Wunsch nur noch mehr. Ihre Sinne spielten verrückt, doch ihr Herz wollte mehr.

»Und was hättest du dir als nächstes Gewünscht?«

May hörte selbst, wie verlockend ihre Stimme klang. Sie wollte, dass Liz sie nicht abwies, das wusste sie jetzt.

»Ich habe mir geschworen, dass ich dich erst an mich heranlassen würde, wenn du bei mir bleiben würdest.«

»Das ist viel verlangt.«

»Das weiß ich. Ich würde nicht verlangen, dass du dich scheiden lässt. Aber ich will dich spüren. Nicht nur einmal. Ich will dich berühren, dich küssen und dir deine Sinne rauben. Und von mir aus auch, während Steve dich in seinen Armen hält.«

»Steve hält bereits seit Jahren seine Sekretärin in seinen Armen. Ich will dich in meinen Armen spüren, nicht ihn. Deswegen war mir das egal.«

Sie machte eine kurze Pause, bevor sie einfach weitersprach.

»Ich will dich in mir spüren.«

Die Augen von Liz weiteten sich. May sah, dass sie versucht war, ihrem Wunsch nachzukommen, doch dann suchte sie sich eine Ausrede.

»Du hast zu viel getrunken.«

»Ich habe etwas getrunken, ja. Aber das war nicht zu viel. Es war genau so viel, dass ich mich endlich traue, dir das zu sagen.

Seit unserem Kuss, bist du mir nicht mehr aus dem Kopf gegangen. Ich habe sogar an dich gedacht, wenn ich mit Steve geschlafen habe. Oft hatte ich mein Telefon in der Hand, ich wollte dich anrufen. Dich wiedersehen. Und dann hatte ich Angst davor, wie weit ich gehen würde. Was ich tun würde. Ich habe dich schon immer begehrt, aber ich habe mich nie getraut.«

»Wir sind in einer Zeit aufgewachsen, in der wir deswegen alles verloren hätten.«

»Das weiß ich. Aber jetzt stehe ich über diesen Dingen. Ich will dich, Liz. Nur dich.«

May spürte, wie sich die Finger von Liz um ihre Hand schlossen. Sie wollte hinuntersehen, doch ihre Augen wurden von der Tiefe von Liz abgelenkt.

Ihr Blick hatte sich verändert, er schien May zu locken und ihr mehr zu versprechen. Erst als die Fingerspitzen von May die warme Feuchtigkeit spürte, sah sie hinunter. Liz hatte die Hand von May unter ihren Rock geführt. Ihre weit gespreizten Beine ließen sie alles erkunden. Ihr Herz raste und sie sah wieder hoch zu Liz.

»Du willst mich? Dann nimm dir, was dir gehört.«

Langsam bewegte May ihre Finger. Dabei genoss sie immer mehr die warme Feuchtigkeit zwischen den Bienen von Liz. Liz lehnte sich vor und flüsterte in ihr Ohr.

»Nimm mich endlich.«

Das ließ sich May nicht zweimal sagen.

Seit Jahren hatte sie den Wunsch diese Frau zu berühren, zu schmecken und in sie einzudringen. Sie wollte das so sehr, dass sie jetzt keinen Gedanken mehr an ihren Ehemann verschwendete.

May drehte ihre Hand so, dass sie Liz komplett bedeckte. Sie spürte, wie erregt ihre Freundin war und während sie sich leidenschaftlich küssten, drang sie das erste Mal in die Frau ein, die sie begehrte.

Diese unbekannte Enge fühlte sich so fremd und so vertraut zugleich an. Du Zunge in ihren Mund, spielte mit ihrer, während Liz ihre Brust aus der Bluse befreite. Die Lust ließ die beiden Frauen ungeduldig werden, als sie sich ihrer Kleidung entledigten.

Von ihrer Kleidung befreit, legte sich May hin, während Liz sich über sie lehnte. Sie erkundeten ihre Körper, küssten und massierten sich gegenseitig. Schließlich rutschte Liz etwas höher, sodass ihr Bein direkt die Mitte von May berührten. Sie wollte Liz spüren, jetzt, doch Liz wehrte ab.

»Nein, komm mit.«

Sie führte May an eine Stelle auf den Boden, auf dem May bequem liegen konnte. Anschließend spreizte Liz Mays Beine. Weiter und fester, als Steve jemals gegangen wäre. So offen, hatte sie sich noch niemals gezeigt. Liz lehnte sich herunter und leckte mit ihrer Zunge um ihren Eingang herum. Immer mehr spürte May, wie sie feucht wurde. Schließlich spürte sie die harte Zunge von Liz in sich. Immer wieder drang ihre Freundin in sie ein, während May sich zusammenreißen musste, nicht zu laut zu sein.

Während sie spürte, dass sich langsam der erste Orgasmus in ihr aufbaute, hörte Liz plötzlich auf. Als sie hochsah, konnte sie Liz dabei beobachten, wie sie sich auf sie setzte. Ihre feuchten Schamlippen berührten ihre und May sog scharf die Luft ein. Mittlerweile würde sie nicht mehr behaupten, dass sie unter der Wirkung ihrer Lust stand, jetzt würde sie behaupten, dass die Geilheit ihre Sinne raubte und ihren Körper kontrollierte.

Liz fing an, ihr Becken zu bewegen.

Die Bewegungen waren so intensiv, immer wieder sogen sich ihre feuchten Körper aneinander fest, nur um dann leicht schmatzend auseinanderzubrechen. Und kurz darauf, klebten sie wieder aneinander fest. Diese stetige, feuchte Stimulation, raubte ihr ihren Verstand. Auch Liz schien es zu genießen. Sie umklammerte das Bein von May so fest, dass ihre Brüste sich daran vorbeidrückten. Liz knetete sie so hart, dass May bereits Kratzspuren auf ihnen sehen konnte.

Sie wusste nicht wie, aber sie brachte ihre Freundin dazu, von ihr herunterzurutschen. May legte Liz auf den Boden und drang mit mehreren Fingern in sie ein. Ihre Bewegungen wurden härter und schneller.

Je mehr sich May anstrengte, desto feuchter wurde Liz. Ohre darüber nachzudenken, was sie tat, zog May ihre Finger aus Liz heraus, lehnte sich über ihre Freundin und hielt ihr die Fingerspitzen an ihre Lippen. Noch bevor sie irgendetwas zu Liz sagen konnte, öffnete sie bereits ihren Mund und nahm ihre Finger auf. Während Liz immer lauter stöhnte, drang sie mit ihren Fingern in May ein. Dieses Gefühl der puren animalischen Geilheit, brachte May dazu ihre Bedenken zu ignorieren.

In einem lauten Stöhnen, ließ sie ihrer Lust Platz.

Sie wollte mehr von Liz spüren.

»Gib mir mehr.«

Sie war so nass, wie schon lange nicht mehr. Und schließlich tat Liz das, was sich May bereits so lange gewünscht hatte. Zu den Fingern, die bereits in May steckten, gesellten sich die anderen Finger auch noch dazu. Behutsam schob Liz ihre restliche Hand hinterher und drang somit so tief in May ein, wie es Steve in all den Jahren nicht geschafft hatte.

Innerlich war May erleichtert, ihre Sammlung an Vibratoren heimlich vergrößert hatte.

Doch die waren kein Vergleich zu Liz.

May fühlte sich endlich so ausgefüllt, wie es schon immer ihr Traum war.

Der Orgasmus ließ nicht lange auf sich warten und May stöhnte unter seinen harten Wellen auf. Sie musste sich abstützen, um ihr Gleichgewicht zu halten. Liz entging ihr intensiver Orgasmus nicht. Sie lehnte sich anschließend vor und leckte neckisch über ihr Ohrläppchen.

»Mehr?«

May warf ihr zwischen ein paar Haarsträhnen einen auffordernden Blick zu und nickte.

»Hinlegen, jetzt.«

May gehorchte ihr und legte sich folgsam hin. Liz lehnte sich über sie und drang erneut mit ihren Fingern in sie ein. Ihre Bewegungen waren hart, schnell und sie sah deutlich, wie sehr May ihre Berührungen genoss.

»Gefällt dir das?«

»Ja!«

»Gut.«

Liz strengte sich noch etwas mehr an. Stück um Stück, glitt sie tiefer in May hinein.

Als ihre Hand in ihrer Freundin verschwand, riss May ihre Augen auf.

Liz wollte sich schon zurückziehen, als May ihre Beine weiter spreizte und sich wieder hinlegte.

Liz begann erneut damit ihre Freundin zu Fisten, bis sich Ihre Muskeln so fest anspannten, dass Liz ihre Hand zurückziehen musste.

»Mehr. Liz, bitte!«

Liz führte ihr wieder ihre Finger ein und begann wieder mit ihren Bewegungen. Jedoch wurde sie bald darauf erneut hinausgedrängt. Als sie dieses Mal ihre Hand zurückzog, folgte ihr ein Schwall Flüssigkeit. May spitzte so viel davon aus sich heraus, während sie einen Orgasmus nach dem nächsten bekam. Liz lehnte sich zu ihr herunter und leckte sie dabei. Ihr Geschmack veranlasste sie dazu zu sich selbst hinunter zu fassen. Während sie weiterhin in ihre Freundin eindrang, spielten ihre Finger mit ihrem Kitzler.

Ein letzter gemeinsamer Orgasmus machte diesen Abend für May unvergesslich.

Nina

Die Sonnenstrahlen brachen sich auf der Wasseroberfläche des Sees. Die Vögel sangen und fast hätte Nina vergessen, dass sie nicht alleine war. Aber auch nur fast.

Denn schließlich schafften es ihre Freunde, sie daran zu erinnern.

Ihr Lachen und die Schreie, die die Idylle zerstörten ließen sie regelmäßig die Nase rümpfen.

»So schlimm sind sie auch nicht.«

Nina öffnete eines ihrer Augen. Anschließend drehte sie ihren Kopf in Kates Richtung und lächelte sie an.

»Das nicht. Aber sie sind laut.«

»Sie sind jung. Und frei.«

Nina rollte sich herum und setzte sich hin. Kurz überflog sie die Armee der Glasflaschen um sie herum.

»Sie sind nicht mehr nüchtern.«

»Du weißt, dass das nicht stimmt.«

»Schon. Aber ich weiß auch, dass sie heute Abend noch mehr trinken werden.«

Kate lehnte sich vor und schloss Nina in ihre Arme.

»Sieh das nicht immer so finster.«

»Ich mag es einfach nicht, wie sich die Menschen mit dem Zeug verändern.«

»Ach was. Du traust den Menschen zu wenig zu. Versuch es doch auch einmal. Dann siehst du schon, dass Alkohol nicht so schlecht ist. Man darf einfach nicht übertreiben.«

Nina drehte sich zu Kate herum warf ihr einen gespielt bösen Blick zu.

»Verführst du mich etwa?«

»Das will ich sehen.«

Sie drehte sich wieder zurück und sah in das breit grinsende Gesicht von Josh.

»Du weißt doch gar nicht, worum es geht.«

»Eine heiße Frau verführt eine andere. Mehr muss ein Mann in meinem Alter nicht wissen.«

Nina verdrehte ihre Augen, während Kate ihn zurechtwies.

»Ein Männchen in deinem Alter sollte nur Milch trinken.«

»Was soll denn das jetzt heißen?«

»Nichts. Außer dass du echt nicht die hellste Kerze auf dem Kuchen bist.«

»Hast du mich gerade blöd genannt?«

»Dann hat sie recht!«

Josh drehte sich herum und schien fassungslos zu sein.

»Lori! Mein Engel! Du fällst mir in den Rücken? Ausgerechnet du? «

Nina sah an ihrem Freund vorbei und sah, wie Lori ihre Arme um den Hals von Ben gelegt hatte. Ihr Lächeln wurde immer breiter, dann nickte sie.

»Du hast mir noch nicht gezeigt, ob du mittlerweile erwachsen geworden bist.«

Prahlerisch ging er an das Ufer und griff sich mit einer Hand zwischen die Beine.

»Ich zeige dir gleich, wie ich wachsen kann!«

Ihre Augen wurden groß und sie lachte ihn aus. Nina beobachtete Ben dabei, wie er ungehindert Loris Hals küsste und wie seine Hände an ihrem Körper entlangfuhren. Sie schien das alles zwar zu genießen, jedoch ließ sie es sich nicht nehmen, Josh weiterhin aufzuziehen.

»Ich habe gesehen, wie du gewachsen bist. Das war jämmerlich! Andere Paare benutzen Kondome, Vibratoren oder sonst etwas. Und was braucht man bei dir? Eine Lupe und eine Pinzette!«

Erschrocken drehte sich Josh herum.

»Glaubt ihr kein Wort! Ja, sie hat mich zwar schon einmal ohne Hosen gesehen. Da waren wir aber im Kindergarten!«

Nina konnte es nicht verhindern, deswegen lachte sie ihn hemmungslos aus. Auch die anderen ließen es sich nicht nehmen Josh aufzuziehen.

»Ja, klar. Immer auf den kleinsten. Echt nett von euch!«

»Ach Joshy, hör auf zu jammern und komm her. Ich habe noch eine zweite Hand frei!«

Josh drehte sich herum und lächelte Nina und Kate an.

»Das war mein Stichwort. Wir sehen uns!«

Josh lief in das Wasser und blieb vor Lori und Ben stehen. Ohne den Kuss mit Ben zu unterbrechen, streckte Lori ihre Hand aus und zog die Badehose von Josh herunter.

Nina sah zur Seite und stand auf.

»Alles in Ordnung?«

»Mit mir? Klar. Ich will mir nur mal die Beine vertreten.«

Kate stand ebenfalls auf und folgte Nina.

Sie liefen am Ufer entlang. Ihr Weg führte sie zwischen den Bäumen und einigen Sträuchern entlang, bis sie eine kleine Stelle fanden, auf der Gras, aber kein Strauch wuchs.

Sie setzten sich hin. Lange schwiegen sie, bis Kate Nina ansprach.

»Warum gehst du eigentlich immer?«

Nina sah sie verständnislos an.

»Was meinst du?«

»Wir wissen doch, dass Lori und Ben immer wieder miteinander schlafen und auch, dass sie von Josh nicht abgeneigt ist. Warum ziehst du dich immer zurück, wenn etwas passiert? Das ist doch nichts Schlimmes. Und wir sind keine Kinder mehr.«

Nina zog ihre Beine an und zupfte einen Grashalm aus der Wiese heraus.

»Nein, das weiß ich.«

»Und warum reagierst du denn so? Sonst bist du doch auch recht aufgeschlossen.«

»Ich.«

Nina schluckte. Sie wusste nicht, wie sie Kate mitteilen sollte, dass sie vom Sex mittlerweile abgeneigt war.

»Ich kann es dir nicht erklären.«

»Gibt es einen Grund?«

»Für mein Verhalten? Ja.«

»Und den kannst du mir erzählen.«

Nina zog ihre Augenbraue hoch und musterte Kate.

»Meinst du?«

»Ja, egal was es ist. Ich höre dir zu.«

»Es ist so, ich...«

»Bist du noch Jungfrau?«

»Nein, das ist es nicht.«

»Sondern?«

Nina fasste sich an ihr Herz und sah Kate fest an.

»Ich hasse es.«

»Bist du in Joshy verliebt?«

»Was? Nein.«

»Was stört dich dann?«

»Der Sex.«

»Du fühlst dich gestört, wenn jemand in deiner Nähe Sex hat?«

»Nein, das auch nicht. Doch. Nein. Aber irgendwie schon.«

Kate stand auf und zog Ninas Beine auseinander. Anschließend setzte sie sich dazwischen und nahm Ninas Hände in ihre.

»Was ist es dann?«

»Sie hat Sex mit ihnen.«

Kate nickte langsam.

»Ja, das ist mir auch schon aufgefallen.«

»Ich meine, wer hat freiwillig Sex mit einem Mann? Das ist echt ätzend.«

Kate zog ihre Augenbrauen hoch und musterte Nina.

»Dich stören dir Kerle?«

Unschuldig zuckte Nina mit ihren Schultern.

»Wen nicht?«

»Ein paar andere. Aber egal. Wie du magst das nicht?«

»Nein, ich mag das nicht. Sie sind grob und dieses ständige Blind in die Frau bohren nervt. Ich kann nicht verstehen, wie jemand das als angenehm bezeichnen konnte.«

Kate setzte sich auf ihre Waden und legte ihren Kopf leicht schief. So saß sie gute zwei Minuten da, schwieg und betrachtete Nina. Bevor Nina noch etwas sagen konnte, sprach Kate.

»Ich werde jetzt etwas machen und du vertraust mir, ok?«

»Ich vertraue dir immer.«

»Gut, dann schließe deine Augen.«

»Und was hast du dann vor?«

»Mach es einfach.«

Nina schloss ihre Augen und wartete darauf, was Kate nun tun würde.

Kate hingegen beugte sich vor und legte ihre Lippen auf die von Nina. Langsam und vorsichtig, küsste sie ihre Freundin. In Nina verkrampfte sich alles, als sie Kates Lippen auf ihren spürte, doch sie war überrascht, wie sanft und ruhig sie war. Sie tat ihr nicht weh und das Gefühl war komischerweise angenehm. Sie ließ sie gewähren und erwiderte ihren Kuss. Irgendwann spürte Nina Kates Zunge auf ihren Lippen. Und ohne darüber nachzudenken, öffnete sie ihren Mund und berührte mit ihrer Zunge Kates.

Kate leckte über ihre Zunge, umspielte sie und knabberte leicht an ihren Lippen. In Nina regte sich ein unbekanntes Gefühl und sie spürte sowohl die Wärme, als auch die Feuchtigkeit zwischen ihren Beinen.

Sie hielt ihre Augen geschlossen um jede Berührung intensiver zu spüren. Kate ließ von ihren Lippen ab und ihr Mund suchte sich mit kleinen Küssen den Weg zu ihrer Halsbeuge.

Dort verharrte sie einen Augenblick lang und küsste jeden noch so kleinen Zentimeter.

Als ihre Zunge über ihr Schlüsselbein glitt, huschte ein Schauer über Ninas Körper.

»Gut?«

»Ja.«

Ihre Antwort war nur ein Hauchen, doch sie wusste, dass Kate es verstanden hatte.

Während Kates Zunge noch immer über ihren Körper glitt, öffnete sie den Verschluss von Ninas Oberteil. Nina wehrte sie nicht ab, sondern wartete neugierig darauf, was Kate als nächstes tun würde.

Kate zog Ninas Oberteil aus.

Vorsichtig strich sie mit ihren Fingerspitzen über die weiche Haut ihrer Brust, bis sie ihre rosigen Knospen erreicht hatte. Ihre Finger strichen über die weiche Haut und umspielten ihre Knospen, bis sie sich hart und steif erhoben. Dann erst beugte sie sich vor und küsste sie vorsichtig. Nina hörte zwar, dass jemand stöhnte. Jedoch bemerkte sie nicht, dass sie es war. Sie hatte währenddessen ihre Hand auf Kates Kopf gelegt und spürte ihre Bewegungen. Die andere Hand, hielt sie sich vor ihren Mund.

Kate hörte auf ihre Brust zu verwöhnen und setzte sich auf. Nach einem kurzen Kuss an Ninas

Ohrläppchen, hauchte sie ihr nur noch ein Wort entgegen.

»Mehr?«

Langsam nickte Nina. Das war Kates Zeichen ihre Erkundungstour fortzusetzen.

Kate zog Nina herunter, damit sie flach auf ihrem Rücken lag. Erst dann widmete sie sich erneut für einen kurzen Augenblick ihrer Brust.

Doch dieses Mal küsste sie Nina nicht nur, dieses Mal massierte sie ihre Brust mit ihrer Hand.

Ihre andere Hand suchte sich einen Weg zu ihrer Bikinihose. Mit geschickten Fingern öffnete sie beide Schleifen, sodass sie den vorderen Teil der Hose aufklappen konnte.

Kate rutschte langsam an Nina herunter und hinterließ dabei eine feuchte Spur mit ihrer Zunge. Ninas Herz schlug hart gegen ihre Brust, doch die Feuchtigkeit zwischen ihren Beinen ließ sie innerlich vor Freude erzittern. Bald kam Kate an ihrem Venushügel an. Ihre Zunge erforschte jeden Zentimeter der Oberfläche, bis sie etwas herunterrutschte.

Kate leckte über Ninas Lippen.

Immer wieder saugte sie an ihnen.

Nina legte ihren Kopf in den Nacken und stöhnte. Zuerst nur leise, doch als Kate mit ihren Fingern in sie eindrang, löste sich die letzte Anspannung in Nina. Sie spreizte ihre Beine weiter, rutschte etwas tiefer und hob ihr Becken an.

Jetzt fühlte Nina, wie intensiv diese Gefühle sein konnten. Kate bewegte sich immer schneller, bis Nina ihren ersten richtigen Orgasmus spürte.

Er kam von jetzt auf gleich und überraschte sie selbst.

Erschöpft, aber glücklich, lag Nina neben Kate. Kate küsste noch immer ihren Haaransatz, ihren Hals und ihr Ohr. Jede einzelne Berührung ließ Nina innerlich erzittern.

»Na, ist es immer noch so schlimm?«

»Nein.«

»War das besser?«

Nina nickte und rutschte noch etwas an Kate heran.

»Ich kann nicht beschreiben, wie es mir geht.«

»Musst du auch nicht.«

Kate und Nina hatten sich bald darauf entschlossen wieder zurückzugehen. Als sie an ihrem Platz am Ufer ankamen, hörten sie noch immer das Stöhnen, das aus dem Unterholz kam. Nina setzte sich hin, doch Kate kniete sich zwischen Ninas Beine und fuhr mit ihrem Finger zwischen ihren Schamlippen entlang.

»Du kannst das besser.«

Die Röte kroch über Ninas Hals, doch Kate setzte sich einfach neben sie hin, als wäre nichts geschehen.

Als es dunkel wurde, entzündeten sie ein kleines Lagerfeuer. Ben schenkte reichlich Alkohol aus und bediente jeden seiner Freunde. Selbst Nina versuchte auf Kate zu hören und nickte, als Ben seine Runden machte.

So passierte es, dass Nina sehr schnell ihre restlichen Hemmungen verlor. Sie rutschte immer näher an Kate heran, bis sie dicht neben ihr saß und ihre Hand auf die von Kate legen konnte. Kate beugte sich leicht vor und ließ ihre braunen Haare vor ihr Gesicht fallen.

»Alles in Ordnung?«

Nina nickte und strich weiter mit ihrem Finger über Kates Hand.

»Mir geht es sehr gut. Nur, ich würde mich gerne revanchieren.«

»Für was?«

»Für vorhin.«

Kate verstand, was Nina wollte. Ihre Augen funkelten und sie nickte Nina zu.

»Komm, jetzt gehen wir«.

Sie standen auf und ging ein paar Schritte von dem Feuer weg. Josh bemerkte es und rief ihnen nach.

»Hey, wo wollt ihr hin?«

Kate drehte sich herum und legte provokativ ihre Hand auf Ninas Hintern. Das Grölen der anderen war laut und deutlich zu hören. Doch Nina spürte, wie die Erregung durch ihren Körper kroch. Sie wollte es wieder spüren. Eine Frau an ihrem Körper war das, was sie wirklich wollte.

Zeitfracht Medien GmbH
Ferdinand-Jühlke-Straße 7
99095 Erfurt, Deutschland
produktsicherheit@kolibri360.de